吾乡与无乡

止焉 —— 著

作家出版社

图书在版编目（CIP）数据

吾乡与无乡 / 止焉著 . -- 北京：作家出版社，2024. 8

ISBN 978-7-5212-2629-4

Ⅰ.①吾… Ⅱ.①止… Ⅲ.①诗集—中国—当代 Ⅳ.① I227

中国国家版本馆 CIP 数据核字（2023）第 247055 号

吾乡与无乡

作　　者：止　焉
责任编辑：向　萍
特约编辑：方红博
封面绘制：Jan-Sebastiaan Degeyter
装帧设计：Pallaksch
出版发行：作家出版社有限公司
社　　址：北京农展馆南里 10 号　　邮　　编：100125
电话传真：86-10-65067186（发行中心）
　　　　　86-10-65004079（总编室）
E-mail:zuojia @ zuojia.net.cn
http://www.zuojiachubanshe.com
印　　刷：北京尚唐印刷包装有限公司
成品尺寸：120×210
字　　数：54 千
印　　张：3.875
版　　次：2024 年 8 月第 1 版
印　　次：2024 年 8 月第 1 次印刷
ISBN　978-7-5212-2629-4
定　　价：40.00 元

总目

序   i – iii

I   吾乡与无乡   1 – 36

II   在场的时刻   37 – 66

III   主体性与迷宫   67 – 91

序

　　有一段时间，我曾整宿地失眠。半梦半醒之间，我曾多次看见，或者说亲历一个相同的画面。忽略细枝末节，那大约是关于两个要围海筑坝的村子。其中一个村子的凹陷地带有一扇大门，打开了便见对面另一个村子伫立在一块光滑直立的黛色巨石之上。巨石上的村子里有一棵巨大的楸树，枝叶凋尽，矗立在巨石正中的高台上。天空总是五彩斑斓，乡亲们在台下欢唱，跳着傩戏，篝火熊熊，而我则站在远处苦涩凝望，不得靠近。

　　我并不知道那是哪里。唯一可确定的是，那既不是我的故乡，不是这世界上我到过的任何一个地方，也不是我彼时居住的危房。

或者我从来就不居住在任何切实的地方，而只是游离在迥然不同的、交织而至错乱的空间里：人际感应和物质的密实空间、形而上学的空旷空间和所有我未完成的小说的漏风空间。如果能让我从一而终地待在单独一个空间中的话，我或许会获得持久一些的快乐。但我总是猝不及防地跌落到这些空间之间的裂缝中去。这种跌落是如此地频繁，以至于我甚至不得不相信跌落才是存在的常态。我生活得小心翼翼，好似走在容易打滑的镜面上，而镜面则映射出人群、事物和它们的重影。

一言以蔽之，我感觉我像此时此刻大地各个角落的许多其他人一样，在某种程度上，是个无家可归的人。或许，我就是那许多其他人，那脱离了乡村与故土、挣扎在城市中的乡下人，那被迫或自愿流放到异文化中的外乡人，那哪怕表面安居乐业但精神上并不得其所的本乡人。如果说言语——尤其是诗歌——的本质是使栖居成为可能，那么我尝试要做的就是超越一种持续的流离失所状态而去寻求一个可以栖居的家乡。在这个意义上，诗歌是一种乡愁，一种对一个曾经存在而后消失了的，或其实不存在也从未存在过的，甚至并不需要存在的故乡的乡愁。

用辛波斯卡的话来说，我曾是一个"怀疑论者"，羞于承认自己在写诗。我曾将这种怀疑归咎于无家可归所带来的不确定与彷徨感——一种双重的犹疑：外向地在世界和他人面前扮演何种角色？内向地如何面对自我？而其实，这种犹疑不过是一种妄图通过假面来隐藏自身，以求在写作这一不可知的危险深渊前自保的怯懦幻想。

但是幻想毕竟只是幻想。我既不能对人世的痛苦与希望视若无睹，那便也不能再对自己的孤独讳莫如深。如果在夹缝之中本来也无法保持平衡，那不如诚实，那不如勇敢地跳下去。比起这纵身一跃，安稳的日常生活或许更隐藏着自我毁灭的凶险。

呈现在读者面前的这些文字断断续续写于外乡的旅居途中。现在根据风格和主题的相关性分为三小册，每册二十四首，大约可以象征一个太阳周年的循环——和时间的轮回与圆融。这些文字，写作时间跨度很大，确切时日无法考证，还望读者原谅其中的稚拙和晦涩——风格的颠簸。

吾乡与无乡

目录

一、原乡

麦地中间的小径　　　3

七月半　　　5

与夜为邻　　　7

谈鬼　　　8

爷爷与锄头　　　9

童年记忆　　　10

背阴的幽谷　　　11

重生　　　12

二、此乡

城市的春天　　　15

迷路在自己的城市　　16

待我们年老　　　17

用语言触摸　　　19

阅读　　　20

无人受邀的月宴　　21

彩虹下的家　　　22

日常之路　　　24

三、异乡

萨满信徒　　　　27

瓦哈卡的住处　　28

利马的冬天　　　29

重回柏林　　　　30

记忆与失眠　　　31

是与不是　　　　32

伯罗奔尼撒的发狂者　34

起身　　　　　　36

一

原乡

麦地中间的小径

每个村子总有个傻子、聋子或哑巴
傻子只说真话
聋子听见密语
哑巴总想表达
村里人不曾唱歌
甚至不曾感到有必要
言说

沉默
他们不曾被沉默压垮
快乐时咧着嘴，笑
疼痛时龇着牙，挨着
说话的哑巴

走在麦地中间的小径上
有失聪老人
远远喊我回家坐
我并不认识他们
"不坐咯，老人家"

麦地如今已消失
而早在那之前
我就已经走失在
麦地中间的小径上

父亲说
麦子也会开花

我无从哭泣
一个早已消失的人
从何处掉出泪滴

七月半

七月半
村庄黯淡
山野通明
坟墓全部
被开启，照亮
乐队蛇行于田埂
敲锣、打鼓、弹唱
招魂、安魂、歌颂死亡

林木森森
崔二宝的爷爷
在弯道中
独自提着灯

两步一根
插香
烟雾缭绕
杜仲林深，亡灵熙攘
这荧红微光
是否足以指明
回家的方向

两步一根
插香
越行越深
世界消失
来到灰烬核心
无之中央
乌鸦和猫头鹰
交相挽唱

我只要爬进
狮子坡头
巨大的红月亮
将自己再次埋葬

与夜为邻

午夜耕耘
独持火种者
须习惯与黑暗为邻

谈鬼

后阳沟开满
白色胭脂花
在夜里影绰飘荡
略有幽香

我们谈论鬼魅
但不相信灵魂
那只是，暗淡了的肉体

生，本无起点，亦无终点
时间是完整的
不曾被分割

爷爷与锄头

爷爷多少年
晨兴理荒秽
带月荷锄归

失去土地
却留着锄头
在弯弯头的小园中
日复一日
将偏坡挖成梯田
复将梯田挖成偏坡

他的沉默经年累月
就像脸上的皱纹塞满尘土

一天他却突然开口
激动地用方言
跟一个不会汉语的德国人
谈论共产主义

童年记忆

老死多年的桃树下
刨到红珠兰草
映山红不开在夏天

害怕被找到
逃进，喧哗的苞谷林
阳光拱形流淌
叶片划破皮肤
细长
汁液流进伤口
那尖锐的疼痛中有
尖锐的喜悦

谁站在山尖上喊
像是风在笑
苞谷林深深浅浅
无处躲藏

背阴的幽谷

我们于何时远去
此时身处何地？
中间隔着遥远的距离
"在无人为伴处
渴望归来"
归向哪里？

人怎可能两次粉身碎骨？
既已跃入你的深渊
溅作四散的雨滴
在你的白岩谷底
静默不语

舍不得将你放在光线中曝晒
你因而，不曾清晰
过度的光无异于
漆黑的白
在一切澄澈圆明之处
可还曾有爱？

重生

我曾老去
泪水灌满时间的沟渠
揪一根草
摘一朵花
唇间温柔地念到它们的名字
而那，不就是你？

老屋倾圮，院坝荒芜
没有墓碑，甚至
没有坟墓
连灰都散尽
成为完全的无

杂草中，重新长出
蓝色鸢尾
我俯下身去
亲吻
重新落定的尘土
我躺进干涸的河床
河水，便重新丰盈

二

此乡

城市的春天

他的话点燃风
花蕾中匐然炸裂的春天
多渴望你也看见
她的身体游动在城市
我的影子已经入眠

迷路在自己的城市

从朝内大街到东岳庙
穿过有瞎子拉胡琴的地道
菩提树绿重枝翘

再往前似是施普雷河
却走到了东风路
故园已埋没于荒草

十年，你只熟悉了一只轮子
现在，我仍迷路在自己的城市
没找到，或将永远找不到
那间我要去的公寓……

待我们年老

待我们年老
我们将在一条河旁，闲居

清晨，露水洒在
青色石板路上
我们笑看
汲水的洁净少女
她们的忧愁要写成一封封长信
而当我寻求理解
只需默默看向你的眼底

午后
世界在光中漂浮
原始的静谧
你弹起曼陀铃
我寻着你的唇角
唱出遗忘多年的歌曲
或者你在我膝上安睡
河水汩汩流过
我已无须承诺
用余生爱你

当黄昏来临
暮鸟成群
铺满尘土的小径
通向深林
空地中夕阳返景
携手向更深处走去
不经意间，回首凝望
我们已走得太远
远出所有河流

而现在，
去吧
生命还长
路上铺满灼人的渴望
不要说自由虚无缥缈
不要说真相可堪藏匿
去吧
耐心等到年老
我们将在这时间的河畔
重遇
闲居

用语言触摸

当我爱一个人
便渴望用他的词语、声调
甚至停顿
轻声呼唤这世界
用我的嘴唇
触摸他的
泥土、深林
和诗行

阅读

今天，我在
浓雾的岔道上
与曼德尔施塔姆遭遇

他用眼光擒住我的手臂
说，他虽已死
我却并不孤单
牵动镣铐
就能听见死者的呼吸

终于
我在猫头鹰起飞前摇晃着到达
而其实
他早已蓄势侵袭

无人受邀的月宴

未曾知晓名字
亦未睹过真容
只回应着声音
穿越呼唤
驶过花海
朝向不确定性——
那熟悉的老房子

春夜不伸展其芳指
一切寂然不动
所有潮湿的灌木
都躲在黑暗中
预备伏击
湖水里生出的月亮

在那无人受邀之处
一场月宴
即将开场

彩虹下的家

你曾寻找一座
向上的阶梯
将你提升到那个
在掷下骰子时
就已错过了的
绽放着各种可能性的
花园

那里有一条河
光点浮在涟漪上
像燃烧的星星
水洗净了月亮
当所有声音都停止跳舞
水就流淌到你的天花板上

雨滴打在涟漪上
像熄灭的星星
水冲洗出彩虹
当所有阴影都变得淡薄
以太就降临到你房间里

原来在下面呀
坐稳了
滑下去

顺着彩虹滑下去，便是
你的家
那生长着唯一现实性的
仅有的
可以短暂寄身的地方

日常之路

从耶拿桥到圣日耳曼
每天都不是一样的距离
有时长一点
有时短一点

从此时到彼刻
每天都不是完全的自己
有时多一些
有时少一些

深夜，或凌晨醒来
有时在松散的木筏上
有时在断裂的悬崖边

踏着坚实的土地
有时像被托举
有时，像不断沉溺

三

异乡

萨满信徒

从睡眠中醒来
便走进阴影里
一直走
踩碎阴影
就下起了雨
玻璃窗和路面
溢满
晕散的血色
大教堂旁的榕树下
萨满信徒，疯狂舞蹈
此时
生命不由他们自己

瓦哈卡的住处

临街而住
睡在旋涡里
夜夜听见门外有欢笑
脚步轻轻，和叹息
那是印第安少女

待她们走尽
市上就有了嘈杂声
还有来自远处的男人
在等待母亲病讯时
焦虑的喘息

利马的冬天

在两个舍弃昼夜的二十二小时之间
利马是一座屋顶落满尘埃的城市

突然
街上所有叫卖的小贩
都变成了
杂耍的笑面人
突然
天上下起
古代的钱币
剥落的黄漆
难猜的字谜
康德侧着脸
躲在阴影里

卖烧焦可可的印地安老人
面无表情
胜于掩面哭泣
不不不
我宁愿相信
只是冬天本身
就足以
让人悲伤而已

重回柏林

穿越黑夜的隧道
柏林的街道和温度
熟悉到近乎残忍
一个亲吻过而失去了的恋人

我好像熟识街上的每位路人
数得清黏在额角的，雨滴

一片脱落的树叶
颤抖着
来回飘摇
最后落定，一个微笑

不去比较意义
世界，在这一刻关闭

记忆与失眠

一旦我的记忆画面平行出现
比如，取水的阿那卡塔卡男人打马
从哈瓦那街头经过
我就知道，睡眠即将来临

被棉匹厚实的睡意所包围
我睡着了
又似乎没睡着
路过的汽车
像行驶在我的神经上
然后消失在
终点不明的远方

睡眠是虚幻的
失眠也是虚幻的
就像一个谎言

是与不是

在陌生人的莫名眼泪里
你不教人如何
在废墟中保持优雅
你径自"是"着
你
是周日无人的宽阔街道
是天际缠绕的荒芜山脉
是夕阳垂钓的倔强老者
是海中被遗弃的孤独城堡
是无水的喷泉
是寂静
是衰老
是明与暗之间
悲与喜之间
爱与忘之间
是人群的外面

鱼人犹抱着柱子
而你
却仍逐渐沉没

你是你所不是的墨西拿
而我
则无法成为
我所不是的我

伯罗奔尼撒的发狂者

"简言之"以后，所有情绪都被略去……
你需要爱谁吗？
或者你需要彻底放弃？
你背叛了自我吗？
还是
到头来
一切只是其所应是
背叛早种在当初
错误的构想里，可
七月底伯罗奔尼撒每天下午都有一场雨

不同的时刻走上相同的路
在雨中唱起歌曲
你的生活还不错噢！
你的生活真的不错吗，亲爱的？

歌声停止处不见了雨滴：
你不是你
你不是你
也玩不好游戏

其声音温存如爱抚
你无力抵抗，而后
呼之欲出的是身体

噢！海上来的大雨
乌苏拉的家庭是一具失事的船体
女奥德修斯最后被命运与遗忘
淹没于寂

梦碎成屑
恐惧完整繁密
那些从上空飞过的石头和
从斜坡滚落的石头
坠落谷底

起身

曾经
随着他们的悲喜而流泪，或微笑
现在
只嫌他们琐碎，且吵闹
当太阳沉到桥的那头
而云也坠下
就起身拍去尘土
到已降落的黑暗中
寻找一个短暂的栖居地

在场的时刻

目录

时间上游　　　　　37

破碎的时针　　　　38

爱之迷途　　　　　39

旅人的愿望　　　　40

熟透的过路人　　　41

等待与遗忘　　　　42

你没有变成一首诗　43

眩晕，或跳跃　　　44

残骸与舞者　　　45

落水　　　47

午夜的靶子　　　48

被缝合的时间　　　49

无法打捞的倒影　　　50

焚烧此时　　　51

溺亡于月光　　　52

时间的痼疾　　　53

时间近旁　　　　　　54

缺席与在场　　　　　55

给那个陌生人的信　57

房间　　　　　　　　59

谜底　　　　　　　　61

只是一种荒谬　　　63

沉没　　　　　　　　65

生之两岸　　　　　66

时间上游

我乘着一只
与现实反向的船
逆流而行

在时间上游
蒹葭未苍
露珠清澈
曙色尚未燃起
浅滩无人停泊

这里太早了
世界还没有醒来
掬一捧水
濯洗双手
掌纹也保持沉默

破碎的时针

我关上窗埋下头
可以觉察到一些
微小的声音
切切地萦绕在
耳根
那不是远处的呼喊
而是
破碎的时针

爱之迷途

不过是，须经过那座
濡密幽暗的森林
就会从爱，走向爱
此处
尚不是尽头

不过是，在岔路口
等待着，被牵引
等待着
在月亮现身的刹那
交托自己
像月光一样
被完全抛洒出去

旅人的愿望

有时候
我想
为了真正了解一个地方
我需要在那里成婚
与一个农民
一个牧马人或者
一个挖煤工人
生三个孩子
而后
待我已付出所有的爱
待我已经深深被爱
待我脖颈上的汗水
已结成时间的晶体
我就可以扣上院门
放心地
到另一个地方去

熟透的过路人

脱落的花瓣
肥沃的记忆
时间被反复翻犁

我不能遇见
一个过去未曾遇见的人
我不再有时间，犹豫
不能拥有
不同版本
我只是，一个
熟透的过路人

等待与遗忘

人是更诡谲的风景
在熙攘的街道
被风吹过
似在等待
浑然不觉
雨点细密
如遗忘

你没有变成一首诗

时日已过了很多，可
你并没有变成一首诗
你是我的错过
是现实到来之前就已开走的车

你仍没有变成一首诗
你是我的牺牲
是一只犄角生出春天的鹿儿

你还没有变成一首诗
你是我的割舍
像一个儿子，之于出家者

你没有变成一首诗
而是成了一棵树
盘根错节
于无尽的雨夜
在我内部生长着

眩晕，或跳跃

酒醉的黎明
四月，欢笑炸裂
大门被重新打开

生活自身的
幻影，和眩晕
七十二个名字，和三张脸
走向悬崖的不同
方向
我仍在努力保持
平衡

深渊面前
我们只有晕倒，或跳跃
时钟之花
在阴暗中
独自开谢

残骸与舞者

是的，即便并未跌落
我也在不断，开裂
我只是我自己的残骸
散落在不同的时刻里
并化成
钢索上的舞者

从生活上空经过
一面竭力保持笑容
和平静的神色
一面又高度警觉着
以防跌落

每个舞者的存在
都是短暂的
有若蜉蝣
生于晨露
死于暮水
但她必须跳舞

在其重复的、日常的变形中
跳舞

并一面竭力保持笑容
和平静的神色
一面又高度警觉着
以防跌落

落水

故事只是在更深的程度
以更大的绝望，重复
不过，如果无非只是重复
我们也不该感到愤怒
我们应该一次次
不厌其烦地，带着真诚的笑容
和饱满的热情
纵身跃入这同一条
旋涡丛生的河流
并装得，好像
全无落水经验的新手一样
进行慌张盲目
而又惊心动魄的
挣扎

午夜的靶子

来
来到无人前往的暗林深处
进入那灯火通明的老屋
来
来感受天堂和地狱间
那最为危险之物

来
将自己暴露为午夜易袭的靶子
晦暗、寂静
叶丛中穿梭的灵魂
徘徊不去的过去
和扭捏不至的将来
在此时此刻
一切
一切都可能成为
瞄准你的
狙击手

被缝合的时间

又是纪念日
今年今日与去年今日
不同，又似乎无异
之间
仿佛只是一场空白
甚至连空白也不是——
它纯粹是
被吞噬了——
被彻底地埋葬了——
被悄无声息地
完全缝合在
时间自身的伤口里

无法打捞的倒影

你也想
将一生讲给
月下卖艺的
九个美丽少女
在天鹅停泊之地
践行回忆：
知识的伟大练习

可或许
你不该翻开
那本阅毕多年的书籍
照见
被记忆篡改的细节
被时间错置的词句
被自我背叛的情绪
正如

我应随永逝之水
流入晦暗
放过河面
无法打捞的
倒影

焚烧此时

回到过去的方式有很多种
蒙住双眼，被牵引着
穿越花海
或从你发梢滑落

雪地空远
篝火
结冰的呼吸
和纸张烧煳的味道
赶回一场多年前的葬礼
此时
早已在彼刻被焚烧

溺亡于月光

沉在月光的湖底
夜色如洗
死并不比风声更孤寂
下个夏天将是另一个夏天
一切生者都将因为生而死去

时间的痼疾

时间，正面是回忆
反面是遗忘
两者都是
无可治愈的痼疾

时间近旁

灵魂的午夜里
有一座深秋的花园
花忘了曾经开放
残枝断裂出声响
时日的书脊断了线
又被雨珠串联

拆开暗夜这信封
世界，向我倾吐其秘密：
时间
是一座深秋的花园
而我，就住在
深秋近旁

缺席与在场

在一座你已离开的城市
未得到的答复轻声叹息
落雨屋檐下
我与你的缺席如期而遇
他对我微笑、向我问好
邀我去临街咖啡馆
——名为"回忆"
那里门已锁闭

我们走进雨

雨在这里不是清洗和通透
而是污染和混淆
街道
这感应的脉搏,在雨中
也变得微弱

集市已被废弃
广场时间淤积
城堡,是空间的空虚

你的城
把不写诗的荒谬与写诗的荒谬一起
写进
我被撕去首尾的故事里

我们走出雨

我向你的缺席挥手致意
雨后无人的站台
默默收容
一个不可能性的抵达
与又一个可能性的离去

给那个陌生人的信

亲爱的陌生人
——我的朋友
本可留你于身旁
但你已走了
确实已走了
在人生迟滞的路上
所有列车都错过了我
而我，错过了你

然而，你的面容
是海面
一片广袤的倒影
反射到
世界的所有窗户上
晦暗地闪耀
无声地流淌

我寓居于
我依然逗留在
你的面容之上

正是在距离里
我才靠近了你
在陌生中
我才拥抱了你

我再也追不上你
我永远不会在
你所在的地方

我总是跑得太快
快过可能性的更替
我总是到得太早
早于现实性的临降

房间

从看不见风景的房间向外
我看见那些过往的房间
一间，屋顶是月色下的湖底
一间，家具在寂静中，炸裂
一间，在隐居所回廊尽头
脚步声来回思索
一间，门有无限多
每扇开向不同路
又都缠绕着
通回，同一个房间里

经过漫长行乞之途
为寻找，或忘弃
旅人们还是没有到达目的地

以悫为枕
他们听见沙枣花香
十分拥挤
永不相识者
经由墙壁

获得虚拟交集
穿越透明
摸到陌生人掌心
被遗忘的
于虚空处悉数出席

我住过许多不同房间
无数遍在真实房间中
醒来在不真实里
总在一张脸上认出另一张脸
正如总从一座城，突然
堕入另一座似曾相识的城——

我于世上经过
可仿佛
我才是一个恒定不动的房间
世界只是到我之中来
短暂居住
而后离去

谜底

从日期不明的某天起
我就已开始等待
常在
睡眠的静谧中
莫名醒来
端坐于夜的黑色花心
侧耳倾听
仿佛
那个谜底
就要被解开

我以为
在某个特殊的时刻会听见
一些特殊的声音
或看见，特殊的光
然而

没有声音，也没有光
只有时间的精灵
一个接一个

带着恶作剧般狡黠的笑
排着队
在墙面上走过
留下晃动摇曳的阴影

午夜的花心
是一只船
颠簸在高高的海浪里

两点、四点或者五点
我又睡过去

但我仍相信
谜底就要揭开
只是我从来
还并不知晓这个谜的
谜面

只是一种荒谬

人生中端
理应停泊某处，有所建树
却只有漫游
在白昼外延
顺行之旅，逆行之旅，滞顿之旅
幽暗森林不可捕捉

暮光客栈后
听到餐盘、欢笑和话语
白露松枝
过了某个时刻
孤独的时刻，背叛的时刻，遗弃的时刻
年逾五十的陌生人们
果然唱起跑调的高歌

风铃彻夜摇晃
做自时间的骨骼
晨星灰烬冷却
醒在新鲜伤口尽头

时日依旧，所失依旧，空白依旧
如何向人回答：
只是一种荒谬

沉没

有的人，十年
唯一持之以恒的，是驾着轮子
在深霾的围城里
兜圈
无法拒绝，耳畔的嘈切

有的人，十年
不过是
从一些听得懂的雨，骑进
另一些，听不懂的雨
安于沉默
或从中捏造意义
听？总企图蒙蔽，正如

有的城市失火了
你假装听不见呼喊
有的城市沉没了
你以为听到的
是寂静

生之两岸

时间是透明的
或我在时间中变得透明
像一阵风
刮过生之两岸

主体性与迷宫

目 录

思维的流产　　　67

死灰　　　68

灵魂的尸体　　　69

裂缝　　　70

失语　　　71

禅言　　　72

旧信　　　73

入梦　　　74

爱之迷惘   75

超过即错过   76

论感通   77

远处的双生子 78

敏感   79

誓言   80

梦醒与相遇   81

自己的葬礼   82

摆渡者　　　　　　　83

单子　　　　　　　　84

同一性的证据　　　　85

跌落的影子　　　　　86

无人知晓的旋涡　　　87

人生另一端　　　　　88

迷宫中的尤利西斯　　89

自我的生成　　　　　91

思维的流产

阳光热浪下
有暗汐来袭
像每人灵魂深处
有阴暗潮湿的房间
存在于镜里

意念的流产过后
孩子还是被卡住了
那我渴望听见
或抛撒出去的词语

注意啊
我的耐心上
已逐渐长出了霉衣

死灰

欲望的唯一可能
——距离
距离的唯一可能
——逃离

我于是梦见溶解
梦见
终于忘记自己
还有，另一个人
在其声音深处
抛散出死灰

灵魂的尸体

破碎的罐子
罐中水、河流水、海洋水

于那最后一滴

解缆，升帆
驶过
黄昏的婚礼

鼓声，烟雾
统一，更高的统一

落日城门内
水手宾至如归

所有城市都建在过去城市的废墟上
一如
所有人都活在过去灵魂的尸体里

裂缝

当此岸的梧桐被雨粘住了头发
我就变成一片树叶

乌云裂开的地方
天空败露了心事
我被卷进去

然后我便在裂缝中脱落
然后我便在裂缝中重复

失语

在言说之中溢出自己
像在无人的花园独自唱歌
交流变成摸黑的游戏

像铅笔一样被削尖的话语

可，我突然失语
唯有依靠身体

身体是一个哑巴
语言是一座牢狱

禅言

此日的天空
圆明通透
不着一念，一无所求
心贴万物
而万物各在其所
甚于一切微笑
甚于一切言语
甚于一切歌唱

旧信

我看见你
在痛苦上赤脚行走

我看见我
在空虚里侧身飞翔

我看见她
打开抽屉
才突然发现
有多少自己
早已在纸片中淹死

入梦

在你枕上做一个甜梦
或者赤身裸体
一头扎进你的梦
自在游泳

待你醒来
请将我全然忘记
最好你从不曾
将我想起

我自从我的来处回去
不与你相识
不惊动这世界
不打扰萤火虫
透明的羽翼

爱之迷惘

在震动中期待
世界的降临
洒下的
只是盲目的白光

昏暗里
躺在彼此身旁
睁开眼
是愈见陌生的对方

穷尽所有理解、误解和不解
赤裸着
站在浓雾中央
四面折射着
纷乱的声响

剩下的
只是庸常

超过即错过

即便是他，也未曾达到
那里
或者他已超过
那么他已错过
我不需要任何上帝
那里是哪里？
那里从不是哪里

论感通

我倚在你裂开的伤口上
深渊那头吹来
清凉的风
风中
我感到你伤口的清凉
我于是变成你
你的伤口
你伤口的痛

远处的双生子

在这世间上的某处
一定有一个人
在这一刻，毫无征兆地
突然俯身哭泣
并且想到：
在这世间上的某处
一定有一个人
在同一刻，毫无征兆地
突然俯身哭泣

敏感

他们的神经强韧到
他们可以在他们的神经上弹跳

我的神经是脆弱的
每根撑不过一秒
无时无刻不在绷断
所以我常常觉得很吵
像无数颗流星不断坠落
嗖嗖地

我在任何一颗上
都找不到庇护
我必须争分夺秒
从这一颗跳到那一颗

誓言

众人睡去之后
就能听清，空街上
真挚与矫伪并行

无数个深夜
独自走在自己长长的影子里
我咬牙发誓
不被任何人欺骗
甚至包括自己

梦醒与相遇

早晨从饥饿中醒来
在地球的各个角落
多少扣人心弦的故事
趁我熟睡
已经发生、落幕、消寂

或曾有人抬头仰望星空
些些微小乌红的火星子
便飘落进他眼里

关于梦
没有一丝记忆

我是否已经周游完世界
我是否已经死亡
我是否已经同一个来自远方的客人
相遇

自己的葬礼

钟声敲响
鸽群远飞
它们的忧愁
如夜色般
逐渐浓郁
我走在广场上
参加自己的葬礼

摆渡者

词语，体验的摆渡者
从这一岸到那一岸
又从未摆渡过任何东西

只是我们自身！凸立

生之重量无法传递
即便写尽黑暗的绷带
和女人的胴体
也无法表达
河流的澎湃，或淤积

单子

纵横、密集
从各点辐射出去
交映、错过
或从不曾照面
世界的拥挤让你窒息

失重、坠落
一颗
抗拒一切穿透的内核
不索求
任何拯救

同一性的证据

所生之处，时有激流
激流是必须
而我在其中昏迷

似曾在梦中挣扎
一早醒来
世界已离析

决定是闭眼跃身一跳
这一跳中，没有自己

看待过往
如观看无法认同的戏
是谁滞留在了记忆里？
活着本身
是同一性的，唯一证据

跌落的影子

我是一个没有颜色的影子
每天
从一件件物体之中穿过
或是跌落

无人知晓的旋涡

栉比的咏唱
树绿深浅不一

对于春天的热爱
竟胜过
对修辞的执迷

从世人旁边经过
连乞讨、愠怒和哭泣者
都带着笑意

然而，如何算清
地面上
各朵阴影的面积？

一路走到黄昏
无人知晓
来时路上的旋涡

人生另一端

既往午后
都只取道——彼岸
桐树花深，人群熙攘

忽而某个清晨
节日降临
行走在
无人的空城
经由未经过的——此岸

以目光拥抱
尚未相识的——此岸的彼岸
铁塔兀立，春紫成云

影中白鹭翩然飞过
那被忽视的
人生另一端

迷宫中的尤利西斯

黄昏宴飨后
去一个温暖国度
遥远，不沾亲带故
我笑你煞有介事
似乎改变
能是天翻地覆
似乎我们真能
生活在别处

我曾去而复返
既没找到，也未失去
任何东西
从未到达过远方
因为远方
总在更远的地方
忍受自由——
影子的追逐
我们茫然走遍大地
却终需回到来处安息

舍弃仪式
相遇碾成"平均"
不过是途经了
一些泛着不同泡沫的海
和风貌不一的甘蔗地
午夜醒于穷巷
只目击到尤利西斯们
围困在迷宫里

而现在，你
将重踏那路途，愿你
将触须伸进潮湿的泥土
做梦，发霉，然后
连同所有的渴望、焦躁、不安
和不可解一起
曝晒自己
在尘埃中催开花朵
在灰烬中酝熟谷粒
并把世界
嚼进一粒米

自我的生成

他们仍对光及其折射
感到害怕和惊异
面孔在水晶中扭曲

我与阴影间
唯一界线
是你的身体

他们仍咀嚼着
已被嚼烂的词语
词语中倒塌了
诞妄的废墟

废墟爆发出烟火
每一个个体随之绽放
然后
跌落、破碎
因此
在大地上
成为自己

止焉，哲学和文学工作者。有多篇中外文哲学论文发表于国内外知名专业杂志。足迹遍及亚欧、南北美和非洲。偶有诗歌和小说发表。《吾乡与无乡》是其第一部诗集。

《吾乡与无乡》是一本由七十二首诗歌组成的诗集。按主题与风格的不同，分为三辑：

第一辑《吾乡与无乡》主要记录诗人对童年乡村生活的回忆，对当下日常生活的体验，以及诗人在旅行中的感触。整体表现一种对业已消失、或从未存在过的家乡的乡愁。

第二辑《在场的时刻》以时间为主题，思考时光流逝、记忆错置、遗忘、衰老等现象。

第三辑《主体性与迷宫》尝试以诗性的语言来探讨语言本身的局限性、感通的困难性、自我同一的虚无性等较为抽象的问题。

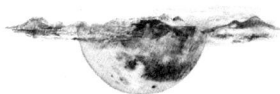